GERONIMO
STILTON

CARI AMICI RODITORI,
BENVENUTI NEL MIO MONDO,
IL MONDO DI

Geronimo Stilton

L'ECO DEL RODITORE
REDAZIONE

Geronimo Stilton

IL TESORO DI VALLE VALGATTA

PIEMME

Testi di Geronimo Stilton
Coordinamento editoriale di Patrizia Puricelli e Serena Bellani
con la collaborazione di Alessandra Rossi

Editing di Red Whale di Katja Centomo e Francesco Artibani
Soggetto e supervisione testi di Fabrizio Lo Bianco

Art Director: Iacopo Bruno
Copertina di Andrea Da Rold (disegno) e Christian Aliprandi (colore)
Graphic Designer: Andrea Cavallini / theWorldofDOT

Illustrazioni pagine iniziali e finali: Roberto Ronchi (disegno) e Ennio Bufi MAD5 (disegno pag.123), Studio Parlapà e Andrea Cavallini (colore) | Mappe: Andrea Da Rold (disegno) e Andrea Cavallini (colore)

Illustrazioni della storia di Daniela Geremia, Matteo Giachi, Danilo Loizedda, Roberta Pierpaoli e Luca Usai (disegno), Giorgia Arena, Maria Laura Bellocco, Andres Mossa, Edwyn Nori e Nicola Pasquetto (colore)
Coordinamento artistico di Flavio Ferron
Grafica di Superpao con la collaborazione di Michela Battaglin e Yuko Egusa

Da un'idea di Elisabetta Dami
www.geronimostilton.com

Nuova Edizione 2016

info@edizpiemme.it

Anno 2016 - 2017 - 2018 Edizione 3 4 5 6 7 8 9 10 11 12 13 14 15

Stampa: ELCOGRAF S.p.A.
Via Mondadori, 15 - Verona

Questo libro è stato stampato su carta certificata FSC®

FSC www.fsc.org
MISTO
Carta da fonti gestite in maniera responsabile
FSC® C115118

UNA NOTIZIA ALLARMANTE

Era un tranquillo sabato pomeriggio d'autunno, uno di quei sabati in cui AMO restare rintanato nel mio salotto, davanti al camino acceso, a leggere un buon libro... magari sorseggiando una tisana calda... Ah, che PACE! Che tranquillità!

Ops... quasi dimeticavo di presentarmi: il mio nome è Stilton, *Geronimo Stilton*, e dirigo l'*Eco del Roditore*, il giornale più famoso dell'Isola dei Topi.

Come vi dicevo, mi stavo godendo un pomeriggio di **RIPOSO** e **TRANQUILLITÀ**, quando è suonato il campanello di casa.

DRRRRIIIIIIIIIIIIIIIIIINNNNNNNN!

Chi poteva essere?

Non aspettavo **NESSUNO!**

Andai subito ad aprire e mi trovai di fronte il mio adorato nipote Benjamin, tutto **AFFANNATO!**

– Zio Geronimo, è successa una cosa **TREMENDA!**

– Calma, Benjamin, raccontami tutto!

– Guarda qui!

Benjamin mi mise tra le zampe una copia della GAZZETTA DEL RATTO, il giornale della mia rivale di sempre, SALLY RASMAUSSEN.

In prima pagina campeggiava il titolo:

PRESTO AL VIA LA COSTRUZIONE DI UN MEGA VILLAGGIO TURISTICO ALLE ISOLE FELICI!

Benjamin era davvero disperato: – È un vero DISASTRO! Le Isole Felici sono uno dei pochi ecosistemi ancora intatti dell'Isola dei Topi. Chilometri di FORESTA verranno abbattuti per costruire il villaggio e in più centinaia di roditori si riverseranno su quelle spiagge ROVINANDOLE completamente!

Io allora cercai di tranquillizzarlo: – Stai calmo, Benjamin, è ancora un **PROGETTO**, vedrai che riusciremo a fare qualcosa... E poi, già una volta io e Patty Spring abbiamo salvato l'Atollo delle Isole Felici da una **MINACCIA** ancora peggiore... quella dei **GATTI PIRATI!**
È una lunga storia... e se vuoi ascoltarla, devo partire dall'inizio!
– Dai, zio Geronimo, racconta! – disse Benjamin.
Così cominciai a **RACCONTARE**...

TERSILLA, LA FIGLIA DELL'IMPERATORE DEI GATTI PIRATI

PIRATI... AL VERDE!

Ogni giorno dalla Fortezza Imperiale dell'ISOLA DEI GATTI provengono furenti miagolii. Quella mattina a sbraitare, però, non era l'imperatore GATTARDONE III DE GATTARDIS, ma **ZUSPOLA**, l'Imperatrice Madre!

– Quando c'era quel Signor Gatto di tuo padre, qui sull'isola l'oro non mancava mai! Lui non pensava solo a **INGOZZARSI**

di aringhe affumicate, come fai tu! – sibilò la gatta agitando il suo ventaglio per aria.

– Oh *mammina,* non vedi che non ho più nemmeno il tempo di mangiare? Sto diventando magro come una lisca di **anguilla!** – rispose Gattardone.

– Diglielo anche tu! – disse l'imperatore rivol-

gendosi a Bibo Micis, il più furbino tra i consiglieri felini, che era lì a rapporto.
– È vero! Con tutte queste spese, perfino vostro figlio è a stecchetto – esclamò Bibo.
– Vedete questa montagna di carta? Sono bollette da pagare! Non c'è neppure un centesimo per lo stipendio della *VEDETTA* del P.A.P.*, il Picco Avvistamento Pulci!
– Comeee? – s'infuriò Gattardone, voltandosi di scatto verso Bibo. – Perché non me l'hai detto subito?
Zuspola SBUFFÒ e disse: – Che disastro! Quanto vorrei che tuo padre fosse qui. Lui saprebbe che cosa fare!
– Mammina! Anch'io so che cosa fare. Ho sempre delle **GRANDI** idee, ma me le soffiano da sotto i baffi! Questa fortezza è un covo di **SPIE!** – piagnucolò Gattardone.

* Dalla cima del P.A.P., la vedetta controlla che le pulci non invadano l'isola.

– Sei senza speranza! – urlò Zuspola, e uscì sbattendo la porta.
Gattardone se la prese con il povero Bibo, lanciandogli contro LISCHE di pesce puzzolenti e andate a male.
– Gatto traditore! È così che mi aiuti?! *Gnam!* Trova una soluzione per fare soldi...

O un tuffo tra gli squali non te lo toglierà nessuno!
– V-Vostra Felinità... – bofonchiò Bibo, cercando riparo dietro il tavolino, – potreste...
– Potrei... potrei che cosa?! – urlò Gattardone.
Bibo aveva bisogno di un'IDEA stragattica per uscire da quel pasticcio!

UN'IDEA FELINA!

Finalmente un'idea balenò nella testa di quel furbetto di Bibo: – Maestà, potreste decidere che l'oro non vale più NIENTE!

Gattardone lo squadrò: – Secondo me, Bibo, hai esagerato con il frullato di vongole!

– Sì... cioè, no, Vostra Felinità! Voi siete l'imperatore, giusto?

– Puoi dirlo **FORTE!** – rispose Gattardone strillando.

– E la vostra parola è legge, giusto?

– Certo che è giusto!

– Allora vi basterà dichiarare a tutto il popolo

felino che da oggi l'oro non vale più niente in tutta l'Isola dei Gatti!
I **baffi** di Gattardone iniziarono a tremare, la coda si **GONFIÒ** e il pelo si **drizzò** sulla schiena: – M-ma s-se l'oro non vale più niente…

– … qualcosa d'altro ne prenderà il posto! – continuò **Bibo**. – Qualcosa che sarà raro per tutti, tranne che per voi! In questo modo sarete ancora una volta il gatto più **ricco** dell'Impero Felino! Semplice, no?
Gattardone, *come al solito*, non aveva capito nulla, ma, *come al solito*, l'idea di riuscire a riempire le casse del tesoro gli **piaceva** molto... anzi, moltissimo!

POLLICE VERDE!

I passi **pesanti** di un gatto di oltre 100 chili riportarono Gattardone alla realtà: era *Bonzo Felix*, il suo consigliere più fidato.
– Salve, Capo! Guardate che bel regalino mi hanno fatto Bitter e Glitter! – disse porgendo

al sovrano una piccola pianta *infiocchettata* e un sacchetto di semi.

– Che roba è? – sbraitò Gattardone guardando la pianta con SOSPETTO. – Si mangia?

– Assaggio e ve lo dico – rispose Bonzo.

E subito... *gnam*... addentò una fogliolina!

– *Bleah!* Non sa neppure di pesce! Bitter e Glitter mi hanno detto che è un BAMBÙ BONSAI. Secondo loro mi aiuterà a coltivare il mio *alluce verde*!

– Si dice 'pollice verde'... – lo corresse Bibo.

– Però i vostri figli non mi hanno spiegato come dovrei coltivarlo, questo pollice... forse con questi semi? Mi hanno detto di conservarli con cura. Pare che sull'Isola dei Gatti siano rarissimi e si trovino in un posto solo!

A quelle parole Bibo Micis sgranò gli **OCCHI**: – Continua Bonzo! **DOVE?** Dov'è questo posto così speciale?
– A Valle Valgatta – rispose. – Laggiù c'è l'unica **FORESTA** di bambù dell'isola!

UN TESORO DI BAMBÙ

Gattardone non capì subito l'importanza della rivelazione fatta da Bonzo.

– Non posso stare a sentire le tue topaggini! Ci mancava anche che ti mettessi a fare il giardiniere! – esclamò Gattardone.

– Vostra Felinità, abbiamo appena trovato la soluzione che cercavamo – intervenne Bibo bisbigliando all'orecchio di Gattardone.

– Se quella pianta è tanto rara, allora con il LEGNO di BAMBÙ farete le vostre monete, mentre con le foglie farete le nuove banconote...

Il cervello di Gattardone si mise improvvisamente in ***MOTO***: sentendo parlare di soldi gli si schiarivano subito le idee.

– Bravo! È proprio quello che pensavo di fare – disse tutto CONTENTO l'imperatore.

– Splendido, Altezza! Avete avuto un'idea formidabile. Prima però dovrete: 1° impadronirvi di tutti i semi di bambù; 2° tagliare tutti gli ALBERI di Valle Valgatta, così nessun altro

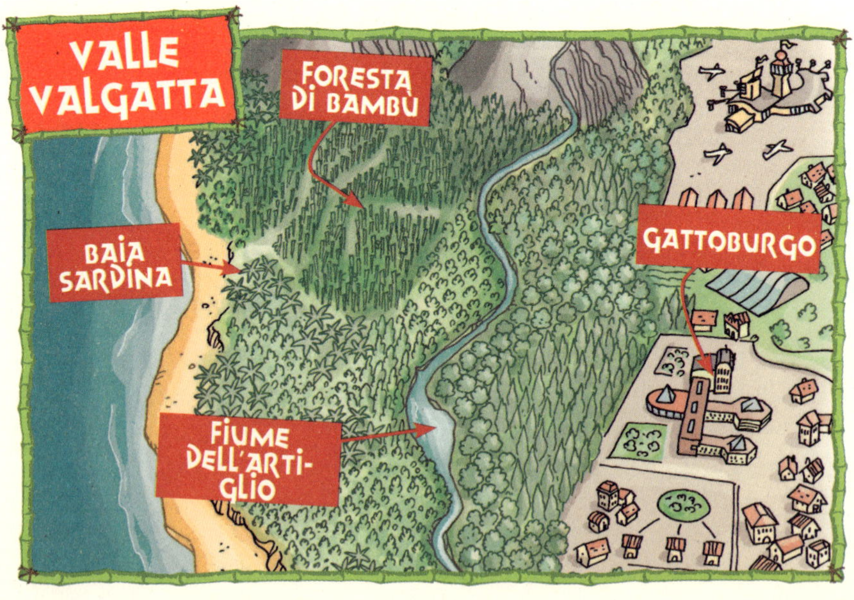

potrà impadronirsi di quelle piantine e voi sarete il solo a diventare ricco!

– Ricco, sì! Ricchissimo! Sarà un'impresa da vero gatto PIRATA!

Gattardone non stava più nella pelliccia dall'emozione.

– Bibo! Convoca subito i miei consiglieri più fidati nella SALA DEL CONSIGLIO!

– Subito, Altezza!

– E fai venire anche quello che deve scrivere la storia della mia vita, quel mio cugino letterato, sì, insomma... OSCAR TORTUGA. Quando serve non c'è mai. Scovatelo!

VOGLIO OSCAR TORTUGA!

Poco dopo, tutto affannato, arrivò OSCAR TORTUGA, il direttore del più famoso giornale dell'isola, **LO STRILLO DEL FELINO**.

– Quali pasticci starà combinando questa volta quel randagio di mio cugino Gattardone? Quando mi fa convocare d'*URGENZA*, vuol dire che c'è qualche notizia interessante da pubblicare! – pensò Oscar.

– Carissimo! – urlò Gattardone, sputacchiandogli sul muso un po' di crocchette di granchio.

– Preparati a partire per una missione segretissima! Un nuovo, **stragattico** capitolo della mia spettacolare biografia! A proposito, a che punto sei con il mio **CAPOLAVORO?**

Oscar non ne aveva scritto nemmeno una riga, ma mentì spudoratamente.

– Tutto bene, benissimo, *Real Cugino!* La tua biografia è stragattica! Avevo giusto bisogno di un'altra impresa imperiale da scrivere! Dove si va di bello, questa volta?

Preso dall'entusiasmo Gattardone gli raccontò degli alberi di BAMBÙ e del nuovo oro!

– *Per mille croccantini scroccantati** – pensò Oscar incuriosito. – Che piano BIZZARRO...

Pasticcione com'è, Gattardone lo trasformerà in una catastrofe...

Proprio in quel momento arrivarono i rappresentanti del GRAN CONSIGLIO DEI FELINI.

* *Per mille croccantini scroccantati*: 'accipicchia' in lingua gattesca.

C'era quel vecchio saggio di Gattul Khan, quello stecchino di Mik Gattiken, Ciccius Von Trippen e poi le affascinanti Miaola Maox, Kikita Gattil, Zenobia De Gattis e Vivian La Chatte.

– Consiglieri! – esordì Gattardone, con tono SOLENNE. – Io, il vostro intelligentissimo imperatore, ho avuto un'idea stragattica. Ascoltatemi!

Consiglieri!

Gioielli di legno?!

Dopo aver spiegato il suo piano, Gattardone mostrò ai consiglieri la piantina di BAMBÙ:

– Ecco, vi presento il nuovo 'oro'!

– Gattardone ha voglia di scherzare – SBUFFÒ Gattul Khan.

– Lo dicevo che mangiare troppo gli avrebbe fatto male – commentò Kikita Gattil.

Gattardone intanto sbraitava: – Tutto l'oro dell'isola verrà ROTTAMATO. Cioè lo consegnerete a me e voi, in cambio, riceverete lo stesso **I-DEN-TI-CO** valore in...

– ... *Iiiiinnnnn?!* – chiesero tutti, col fiato sospeso.

– Monete di bambù! Così continuerete a essere *ricchi* come adesso, ci siamo capiti?!

Ciccius Von Trippen scattò in piedi **INFURIATO:**

– Questa storia del bambù è la più grossa **topaggine** che abbia mai sentito...

– Nessuno ha chiesto la tua opinione – lo interruppe Gattardone. – Vuoi che ti spedisca a fare una bella e lunga VACANZA gratis nelle PRIGIONI della Fortezza?

– Preferirei la Spiaggia dei Granchi...

– E invece è in galera che finirai... Insieme a chiunque oserà contraddirmi!

Improvvisamente, tutti i consiglieri cambiarono parere.

– Che idee meravigliose ha l'imperatore!

– Stragattico! Ho sempre desiderato dei gioielli in LEGNO di bambù!

– E che cosa c'è di meglio di un bell'orologio tempestato di semi di bambù?

– Ben detto! Le pietre preziose sono talmente fuori moda!

Gattardone si avvicinò a Oscar e, con aria SODDISFATTA, disse: – Sono un grande

IMPERATORE, eh? Scrivilo!

– Altroché – rispose OSCAR beffardo.

– Però mi sembra di essere tornato al tempo del baratto: un seme di bambù per una moneta d'oro!

– Ma che baratto e baratto – sibilò l'imperatore.

Poi afferrò Bonzo e gli disse: – Voglio TUTTO il bambù dell'Isola dei Gatti. Fatti dire TUTTO su questo bambù da Bitter e Glitter, ma guai a te se SPIFFERI qualcosa sul mio piano, capito?

– Signorsì, capo!

IL BARATTO

Tanti secoli fa, per comprare e vendere si ricorreva al BARATTO, cioè uno scambio di oggetti o servizi. Le monete sono state introdotte solo nel II-III millennio a.C. in Mesopotamia. Prima di allora, al posto del denaro venivano usati oggetti realizzati dall'uomo o prodotti della natura ritenuti di grande valore. Ecco alcuni esempi.

SEMI DI CACAO

Prima dell'arrivo dei conquistatori spagnoli, nel Centro e Sud America, i **SEMI DI CACAO** erano la moneta di scambio dei popoli Aztechi e Maya.

GRANI DI SALE

Al tempo degli antichi Romani, i **GRANI DI SALE** venivano usati per pagare il lavoro dei soldati. Da questa usanza deriva il termine salario, con cui si chiama il compenso ricevuto da un lavoratore per il suo lavoro.

PEPE

Sempre al tempo degli antichi Romani, il **PEPE** era una merce tanto preziosa e rara da essere usata come moneta di scambio. Roma fu salvata dagli Unni e dai Visigoti pagando loro un riscatto che comprendeva, oltre a oro e argento, anche una tonnellata di pepe!

– Mi raccomando! Le piccole pesti non devono INTROMETTERSI, sono stato chiaro?!
Infine si girò verso Bibo e, dandogli una banconota, disse: – Ora procediamo con la **FASE 2** del *mio* piano: tagliare tutti i bambù di Valle Valgatta. Prendi questi soldi e vai a comprare le macchine per abbattere gli ALBERI!
– Perdonate Altezza, temo che **5** eurogattici siano un po' pochini... – rispose Bibo.
– Ma quanto sgnacchi*! Passerò io a saldare il conto. E ora tutti fuori di qui! **Via!** Sta per iniziare il telefilm sul sorcio!

* *Quanto sgnacchi!*: 'quanto scocci!' in lingua gattesca.

CERCHI QUALCOSA, MICETTO?!

Bibo Micis si precipitò alla DISCARICA della Sabbietta, alla periferia di Gattoburgo. Lì c'era l'unica rivendita di macchine da lavoro dell'Isola dei Gatti.

Il proprietario, Maciullo Smaragnao, era un gattone grande e grosso.

– Cerchi qualcosa, micetto? – chiese MACIULLO quando vide Bibo.

– Micetto a chi, scusa? Sono Bibo Micis, il consigliere personale dell'imperatore. Mi manda lui in pelliccia, per comprare una TAGLIA-ALBERI degna di un imperatore.

– Una taglia-alberi? Vediamo...

Maciullo mostrò a Bibo una specie di grosso trattore con delle lame gigantesche.

– Vi presento lo **SCHIANTAFORESTE!** – disse Maciullo con orgoglio. – Tre lame di pura potenza! La prima **SOLLEVA** il tronco, la seconda lo **TAGLIA** e infine la terza lo **trasforma** in tanti piccoli stuzzicadenti!

– A me sembra solo un trattore, ma se fa tutte queste cose, va bene! Eccoti **5 eurogattici,** il resto lo pagherà l'imperatore.

CHE COSA HAI IN MENTE?

Intanto, Bitter e Glitter discutevano animatamente nella loro stanza.

– Quel lecca-lecca al merluzzo era mio! – urlò Bitter, saltando sul suo SKATEBOARD.

– Quanto la fai lunga! È solo un lecca-lecca! – rispose Glitter.

– Torna qui e affrontami da felino! Sei un GOLOSASTRO, proprio come papà!

– Prendimi se ci riesci – urlò Bitter lanciandosi con lo skateboard a tutta VELOCITÀ.

Mentre spalancava con forza la porta della camera...

SBAM! SBAM! SBAM!

Centrò in pieno il muso di *Bonzo!*
I gemelli si precipitarono a SOCCORRERE il povero gattone.

– Scusa, Bonzo! Tutto bene? – chiese Bitter.
– Ma, che cosa fai qui? – chiese Glitter.
– Niente, passavo da queste parti così per caso e siccome GATTARDONE voleva sapere... No, cioè, io volevo sapere... ma i BAMBÙ sono rarissimi, vero?
Bonzo era andato in CONFUSIONE.
Glitter gli rispose, un po' perplessa: – Sulla nostra isola si trovano solo a Valle Valgatta, ma perché ti interessa tanto?
– Oh, è solo per parlare! E se io, per esempio, volessi TAGLIARE tutti quei bambù, poi che cosa dovrei fare per farli ricrescere?
I gemelli si scambiarono un'occhiata allarmata: che cosa stava farfugliando? Quando Bonzo faceva così, c'era dietro lo ZAMPINO, anzi, l'uncino di Gattardone!

I gemelli cominciarono a TEMPESTARLO di domande.
– Bonzo – chiese Bitter, – non è che tu e papà state preparando qualche disastro dei vostri?
– Che cosa c'entra Valle Valgatta? Che cosa avete in mente? – chiese Glitter.
Per paura di tradire Gattardone, Bonzo non osò più nemmeno **FIATARE!**

UNA FORESTA SULL'ISOLA DEI TOPI

Bitter accese il suo computer e mostrò a Bonzo una pagina dell'**ENCICLOPEDIA BAFFOMEDIA.**

– Vedi quella foresta di bambù? È fondamentale per la sopravvivenza di tanti **ANIMALI** che la popolano! I lorichetti primaverili, per esempio, sono gli ultimi pappagalli dell'isola e si nutrono di **semi** di bambù! Senza quelle piante, dovrebbero cercare il cibo lontano, chissà dove...

– Per esempio nell'Atollo delle ISOLE FELICI, sull'ISOLA DEI TOPI! – esclamò Glitter. – C'è una foresta di bambù anche laggiù!

Bitter tornò a guardare lo schermo e a un tratto...

SBAM STUMP SBONK

Bonzo **SCAPPÒ** senza dire una parola, inciampando su sedie e mobili!

– Ehi! Dove vai?! – urlò Glitter.

IL BAMBÙ

Il bambù è una pianta della famiglia delle Graminacee di cui esistono migliaia di specie. Gli alberi di bambù possono raggiungere i 40 metri di altezza, ma esistono anche i bambù nani, alti appena 10 centimetri!

DOVE CRESCE

È molto diffuso nelle zone tropicali, ma può crescere spontaneamente in tutti i continenti, tranne in Europa dove viene coltivato.

Il legno di alcune specie è utilizzato per realizzare prodotti artigianali come mobili, attrezzi agricoli, strumenti musicali e tanti altri. Con il bambù si possono costruire perfino ponti e case. Sono in corso degli studi per ricavarne anche un combustibile ecologico.

LO SAPEVI CHE...

I **germogli** di bambù sono un ingrediente importantissimo nella cucina asiatica. I **semi** di bambù sono un nutrimento fondamentale per alcuni animali, così come germogli e **foglie** che contengono una percentuale elevata di proteine.

ATTENZIONE!

L'utilizzo del bambù da parte dell'uomo deve essere sempre rispettoso dell'ambiente. Per questo motivo i bambù abbattuti devono essere sempre ripiantati con nuovi germogli in modo da conservare le foreste e difendere gli animali che in esse hanno il loro habitat naturale.

IL LORICHETTO PRIMAVERILE

È un pappagallino che pesa al massimo 40 grammi ed è lungo poco più di 10 centimetri. Ha piume di colore verde-giallastro: il maschio ha una macchia blu sulla gola. Vive in Asia e si ciba di semi di bambù oltre che di nettare, polline e frutta, di cui mangia solo la polpa.

Curiosità

I lorichetti dormono appesi a testa in giù come i pipistrelli. In caso di pericolo, questo modo di riposare permette loro di fuggire più rapidamente lasciandosi cadere nel vuoto, per poi riprendere velocemente il volo.

– Da papà, temo! – rispose Bitter.

– Secondo te fanno sul SERIO? Non penseranno davvero di TAGLIARE tutti gli alberi di bambù di Valle Valgatta?

– Dobbiamo fare qualcosa per proteggerli!

– E dobbiamo anche salvare la foresta dell'ISOLA DEI TOPI! Ma come facciamo?

– Mettiamo in GUARDIA i roditori!

– Figurati se daranno ascolto a due gatti come noi...

– Allo zio OSCAR crederanno, però! Lui è un giornalista proprio come quel topo famoso...

– Come *Geronimo Stilton*... – disse una voce alle loro spalle.

Era Oscar Tortuga e stava parlando proprio di me, *Geronimo Stilton*.

VI AIUTERÀ DRAGOSTEA!

Il felino raccontò ai ragazzi della missione di Valle Valgatta e dell'**operazione** delle monete di bambù. Ora era tutto chiaro!

Glitter lo **SUPPLICÒ**: – Aiutaci ad avvisare il tuo collega Geronimo Stilton. Se papà mette le unghie sulla loro foresta di **BAMBÙ** saranno **GUAI** grossi!

– Come osi chiamare 'collega' quel sorcio?

– Beh, anche lui dirige un giornale, no?

Oscar **SORRISE** sotto i baffi. Anche se avere a che fare con un topo come me senza poterselo **PAPPARE** non gli piaceva affatto, tutta quella faccenda gli avrebbe sicuramente fornito del materiale preziosissimo per la prossima uscita del suo giornale.

– E va bene – **sospirò**, – ma non sarò io a parlare con il sorcio! Chiediamolo a vostra cugina, **Dragostea!** Lo conosce molto bene ed è l'unica *lettrice* dei suoi libri sull'Isola dei Gatti!*

* Per saperne di più, leggete: *Ci mangeremo... Geronimo Stilton!*

VACANZA PREMIO

Nel frattempo, non lontano da lì, sulla minuscola Isola delle Pulci, tutto era pronto per una nuova SPEDIZIONE sull'Isola dei Gatti!

L'intera popolazione era schierata per ascoltare il discorso della regina Afanittera: – Io, suprema regina e comandante in capo dell'esercito PULCIOSO, organizzerò una missione in grande stile!

– VIVA AFANITTERA! – risposero le pulci in coro.

La regina proclamò solennemente: – Per ricompensarvi delle fatiche sostenute in tante INVASIONI dell'Isola dei Gatti, ho deciso che la nuova spedizione a Gattoburgo sarà preceduta da una vacanza premio a Baia Sardina, sull'Isola dei Gatti!

– VIVA LA REGINA! – urlarono le pulci.

Poi, tutte in coro, intonarono il loro inno di battaglia:

DEGLI INSETTI SIAMO NOI,
APPULCEREMO TUTTI VOI,
SU SEI ZAMPE NOI MARCIAMO
E I MAMMIFERI INFESTIAMO...
FORZA BELLI SU SCAPPATE
PERCHÉ LE PULCI SON ARRIVATE!

Lo zampino di Tersilla

Nei corridoi della **FORTEZZA** imperiale, invece, Bonzo CORREVA da Gattardone per riferire quello che i gemelli gli avevano detto. Ma, svoltato l'angolo... SBONK!

Si scontrò con Zik Baffotorto, Johnny Smail e Tersilla: la banda di gatti più furbacchioni di Gattoburgo!

Tersilla è la figlia di Gattardone, la sorellastra di Bitter e Glitter. È una gatta molto vanitosa e la ricerca di nuove ricchezze è il suo passatempo preferito.

Vedendo Bonzo così agitato, la gatta si incuriosì: – Dove stai andando, Bonzo?

– Ho trovato la foresta! O meglio, volevo dire, che sto andando da Gattardone nella foresta...

– Che cosa? Gattardone è nella foresta?

– Miaooo! No, non c'è nessuna foresta. È un segreto, non posso dirlo a nessuno...

– Bonzo! Io sono la figlia dell'imperatore, tu *devi* rispondermi!

– È vero, hai ragione... però mi raccomando

non dirlo a nessuno. Altrimenti Gattardone mi **atomizza***!

Così Bonzo spifferò a Tersilla il piano di Gattardone e la scoperta di **Bitter** e **Glitter**.

– Che assurdità! BAMBÙ al posto dell'oro! – sghignazzò Smail.

– Assurdità o no, dobbiamo impadronirci di tutto il bambù dell'isola prima di mio padre – sussurrò **TERSILLA** ai suoi amici.

Vedendola interessata, Bonzo si interruppe improvvisamente: – F-forse ho parlato un po' troppo, però voi, promettetemi di non dire niente a nessuno.

– Stai tranquillo, saremo muti come alici sotto sale! – rispose **beffardo** Zik.

Bonzo se ne andò e Tersilla si mise subito a preparare un piano per entrare in azione.

* *Mi atomizza*: 'mi distrugge' in lingua gattesca.

– Così c'è una foresta di bambù anche sull'ISOLA DEI TOPI... Bene, mi impadronirò di tutti quei semi e diventerò più ricca del mio PAPARINO!

– Ma Tersilla, l'Isola dei Sorci è grande! Come facciamo a trovare la foresta? – chiese Smail.

La gatta rispose con sguardo GELIDO: – Non preoccuparti, basterà fare quattro chiacchiere con quelle 'adorabili' piccole pesti dei miei fratellastri.

Che fifa felina... Tersilla era determinata a trovare la foresta sulla nostra amata isola!

ADORABILI PICCOLE PESTI

Per prima cosa Tersilla spedì Smail e Baffotorto a noleggiare un motoscafo SUPERVELOCE, poi sgraffignò una cartina dell'ISOLA DEI TOPI dall'inaccessibile (si fa per dire!) Ufficio AcchiappaStilton* e si precipitò verso la stanza di **Bitter** e **Glitter**.

Quando arrivò davanti alla porta, vide i gemelli che stavano confabulando con Dragostea e Oscar davanti allo schermo del COMPUTER.

– Che cosa ci fanno qui i miei cari cugini Oscar e Dragostea? – si chiese Tersilla.

*È il luogo dove vengono progettate le trappole per catturarmi! Che fifa felina!

– Magari stanno parlando proprio dei topi e della loro foresta di BAMBÙ! Starò qui nascosta a origliare...

Intanto, sull'Isola dei Topi...

A dieci giorni di navigazione dall'Isola dei Gatti, nell'Oceano Rattico meridionale, c'è la mia amata isola, l'Isola dei Topi.
Lì, nella città di Topazia, c'è la redazione dell'*Eco del Roditore*, il giornale diretto da me, *Geronimo Stilton*.
In quel momento, ero nel mio ufficio assieme a **Patty Spring!**
– Allora **G,** come va la campagna '*Difendiamo le foreste*'? La stai pubblicizzando sul tuo giornale, vero **G?**
'G' sta per Geronimo: Patty mi chiama così, affettuosamente. E anch'io le sono molto affe-

zionato, anzi... ho proprio un debole per lei! Patty aveva organizzato una campagna a favore della **NATURA** e, come sempre, mi aveva coinvolto: – Ehi, G, hai ***SPEDITO*** i comunicati stampa? E la conferenza di presentazione, è pronta? E quando esce l'edizione **STRAORDINARIA?** Io sto preparando la mia

trasmissione televisiva, ma anche tu devi darti da fare!

– Ehm, sì... certo – risposi, – ho fatto quasi tutto e ora sto scrivendo l'articolo per domani e poi...

Mentre elencavo a Patty le cose già fatte e quelle ancora da fare, sul COMPUTER iniziò a lampeggiare l'Allarme Gatti Pirati.

– Per mille mozzarelle!
Che cosa sarà successo?

ALLARME! GATTI PIRATI!

Io per poco non svenni: – Qualche GATTACCIO sta cercando di mettersi in contatto con me! C'è il segnale della videochiamata... Brrr, che fifa felina!
Poi mi feci coraggio e accettai la chiamata.

L'Isola dei Gatti era molto distante, ma grazie alla videoconferenza era possibile chiacchierare come se si fosse tutti nella stessa stanza. Sullo schermo comparve **Dragostea** che esclamò: – Buongiorno dottor Stilton!
Io riconobbi subito la voce e mi tranquillizzai: – Buongiorno, signorina! Che piacere rivederla... a **DISTANZA!**
– Come fai a conoscere quella gatta **randagia?** – chiese Patty un po' gelosa.
– Lei è la mia più appassionata *lettrice* felina! – spiegai a Patty Spring.
– È sempre un'**emozione** parlare con il mio scrittore preferito! E poi lei è così onesto, corretto, leale. Potrei mandarle una poesia...
– Vogliamo **sbrigarci?** – la interruppe Oscar. – Non è certo il momento per i complimenti...

Non poteva tollerare certe smancerie, specialmente se rivolte a me, che in un certo senso ero un suo collega!
I gemelli, invece, avevano riconosciuto Patty Spring: – Buongiorno signorina Spring, che PIACERE vederla! Io e mia sorella amiamo moltissimo le sue trasmissioni sull'ambiente, sono bellissime!

Patty rispose meravigliata: – Davvero? Mi fa molto piacere! Come vi chiamate ragazzi?

– Io sono Bitter e lei è mia sorella Glitter.

– Visto, Geronimo? Anch'io ho degli AMMIRATORI tra i gatti! – disse Patty.

Poi i ragazzi ci raccontarono tutto dell'operazione Valle Valgatta e ci spiegarono che anche la foresta di BAMBÙ dell'Isola dei Topi era in PERICOLO.

CHI È LÀ?!

Mentre gli altri cercavano una soluzione per fermare GATTARDONE, Oscar gironzolava per la stanza pensando ancora alle frasi di Dragostea: – Ma che razza di smancerie mi tocca sentire?! Per un sorcio, poi?!
D'un tratto, da dietro la porta si sentì un rumore.
Oscar CORSE a vedere e riconobbe l'inconfondibile coda di Tersilla SPARIRE dietro un angolo del corridoio.
Poi vide per terra una penna rossa e una cartina dell'ISOLA DEI TOPI...
– Che cosa succede? – chiese Dragostea.

– Tersilla ci stava **SPIANDO!** – rispose Oscar. Poi mostrò agli altri la **mappa** che Tersilla aveva perso: – Ci ha sicuramente sentito parlare della foresta di bambù sull'Atollo delle ISOLE FELICI!

Bitter e **Glitter** corsero alla finestra e videro la sorella sgattaiolare verso la zona del porto. Chissà che cosa aveva in mente...

Ora Basta!

Intanto io, che ero ancora in videoconferenza, sentendo tutto quel trambusto chiesi:
– Che cosa sta succedendo?
Bitter rispose: – Tersilla sta PARTENDO per la vostra isola per impossessarsi dei semi di bambù!
– Come?! Una FELINA sulla nostra isola?! – esclamai allarmato.
– Le impediremo noi di raggiungere le Isole Felici! Non vi preoccupate – esclamò spavalda Patty Spring.
– E noi, nel frattempo, troveremo il modo per partire con la SPEDIZIONE di papà. Gli

impediremo di raggiungere Valle Valgatta! – disse Glitter.
Poi Dragostea mi salutò: – Resteremo in contatto, vero dottor Stilton?
A sentire quelle parole, Oscar sbuffò e con una ZAMPATA staccò dalla presa il cavo del COMPUTER.

CHI HA RUBATO LE CHIAVI?!

Alle prime luci dell'alba, una lunga comitiva di **GATTI PIRATI** si riunì nella via principale di Gattoburgo.

Gattardone era seduto sulla sua **COMODA** portantina. – Allora piccole **pesti**, siete contenti della gita? – chiese ai gemelli.

– Certo pa’: sole, aria pura, tanto verde... non vediamo l’ora di partire – rispose Glitter.

Gattardone li aveva invitati alla spedizione sperando che lo avrebbero aiutato a trovare i BAMBÙ, ma non sapeva che i gemelli avevano tutt’altre intenzioni... Poi Gattardone si rivolse alla ciurma: – Ricordate: nessuno deve accorgersi della nostra partenza! Dobbiamo far finta che stiamo andando a dormire. Avete messo le PANTOFOLE?

I gatti pirati fecero cenno di sì con la testa e, SOLLEVANDO i piedi, mostrarono ciabatte di ogni tipo.

– Bravi! Mettete in moto, ma fate piano...

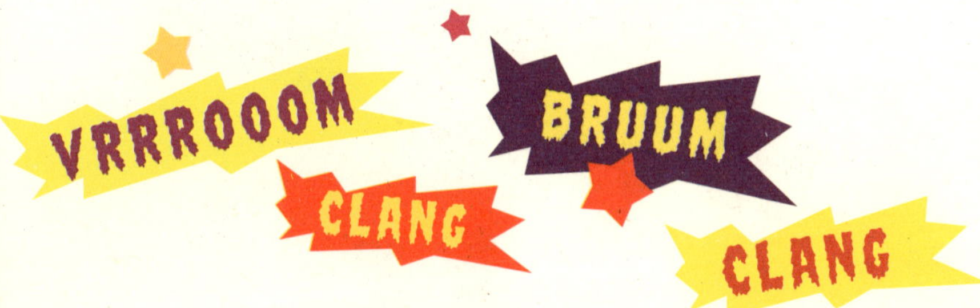

Nonostante l'avvertimento di Gattardone, i motori rombarono tutti assieme. L'imperatore allora si rivolse a Oscar Tortuga, ma con quel FRACASSO non capivano nulla di quello che si stavano dicendo: – Oscar, segui la mia trionfale MISSIONE!

– Che cosa hai detto? A chi stai dicendo felino CICCIONE?! – ribatté Oscar.

– Macché PAGINONE, mi dedicherai un'intera EDIZIONE! E darai in omaggio anche una MAGLIETTA.

– Eh, no! Non l'ho fatta io la PUZZETTA!

A un certo punto, dalle finestre delle

case si affacciarono dei gatti in pigiama: – La vogliamo finire con questo *gattirivieni** assordante?! – urlarono in coro.

– Qui c'è gente che NON deve andare a lavorare e vuole dormire!

– Come osano! Scendete dalle macchine e sbattete in GATTABUIA quei contestatori! – ordinò Gattardone.

La ciurma spense i motori, ma dalle finestre si scatenò un LANCIO di oggetti e i pirati di Gattardone furono sepolti da una pioggia di padelle, teiere, scarpe, elettrodomestici...

– RITIRATA! Andiamo! Partiamo! Accendete i motori! – urlò l'imperatore.

– Impossibile maestà! Le chiavi dello Schiantaforeste sono sparite! – balbettò Bibo, **agitatissimo**.

– Chi le ha sgraffignate? Trovate il colpevole!

* *Gattirivieni*: 'andirivieni' in lingua gattesca.

Bastaaa!
Finitela!
È ora di dormire!
SDENG
SBANG
SDENG
SBANG
SBONG
STONG
SDENG

SBANG
Non se ne può più!
STUNG

Bitter e Glitter fecero finta di nulla: erano stati loro a **NASCONDERE** le chiavi per fermare la **SPEDIZIONE.** Alla fine però un gatto esclamò: – Ho trovato le chiavi di riserva! Ma **Bitter** e **Glitter** non si persero d'animo, avevano già in mente un altro piano.

TUTTE AI VOSTRI POSTI!

Gattardone e i suoi viaggiarono tutta la notte. La mattina dopo, quando passarono dalla spiaggia di Baia Sardina, i rumori dei cingolati e i sobbalzi del terreno disturbarono

le pulci, tranquillamente spaparanzate tra i GRANELLI di sabbia per la vacanza premio.

– C-CHE C-COS'È Q-QUESTO B-BACCANO?! UN TERREMOTO?! – urlò Afanittera.

– M-mia r-regina – esclamò una pulce avvolta in un asciugamano a FIORI, – abbiamo v-verificato. Non è un t-terremoto: è il f-felino c-capo con i suoi s-sudditi!

– *Per tutti i peli dei gatti*, è Gattardone! L'occasione è troppo ghiotta: presto, tutte ai posti di APPULCIAGGIO! E che nessuno si accorga che non siamo in divisa: per il nostro esercito sarebbe una VERGOGNA!

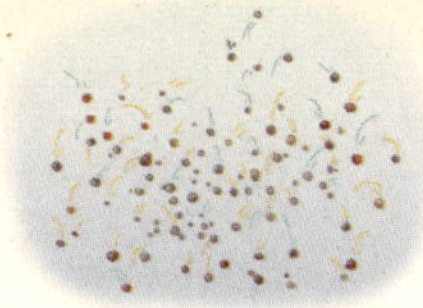

UNO STRANO BRULICHIO...

Finalmente la **SPEDIZIONE** di Gattardone giunse alla foresta di bambù.
I gemelli erano decisi a proteggere Valle Valgatta e avevano legato degli **ENORMI** striscioni di protesta tra gli alberi di BAMBÙ.
Bitter e Glitter si rifiutavano di lasciar passare la macchina di Gattardone!
– Siete dei veri ACCIACCACODA*. Sapevo che non potevo fidarmi di voi! Spostatevi subito o questa volta *vi scarroccio*** – ordinò Gattardone.
Una voce femminile alle sue spalle chiese:
– Non oserai fare una cosa del genere, vero?!

**Acciaccacoda*: 'seccatore, scocciatore' in lingua gattesca.
***Vi scarroccio*: 'vi sposto di peso' in lingua gattesca.

Era **Dragostea.**

– E tu da dove SBUCHI?! – chiese sorpreso il Gran Capo dei Felini.

– Vi ho seguiti di **NASCOSTO** per vedere se mio zio è quell'imperatore geniale che dice di essere oppure...

– Oppure?! – chiese Gattardone seccato.

– Oppure un NEMICO della natura e dei suoi stessi figli! – concluse la gatta.

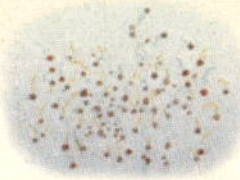

– Adesso avete proprio **scuffiato*** – esplose l'imperatore dei Felini. – Quante storie per degli alberelli...

Uno strano **brulichio** tra le piante lo interruppe. Era come se una moltitudine di puntini color marrone stesse scendendo tra un fusto e l'altro di quegli altissimi BAMBÙ.

* *Avete scuffiato*: 'avete esagerato' in lingua gattesca.

SALVIAMO

ALL'APPULCIAGGIO!

Improvvisamente, sui Gatti Pirati si abbatté l'esercito di Afanittera.
– All'APPULCIAGGIO! – gridò la loro regina.
– M-ma queste sono PULCI – urlò spaventatissimo Gattardone. – Si salvi chi può!
– Non possono essere pulci questi esserini in costume da bagno! – esclamò Bonzo, guardando con la lente d'ingrandimento le pulci. – Hanno un asciugamano come gonnellino!
– E allora spiegami perché io mi sto grattando come un gatto randagio, razza di palla di pelo! – ruggì Gattardone.

– *Per mille croccantini scroccantati*, è vero: ho prurito anch'io! Allora sono davvero... **PULCI!!!**

Ritirata stragattica!

L'imperatore e i suoi erano nel panico.

– **RITIRATA STRAGATTICA!** – urlò Gattardone, grattandosi. – Perché il **P.A.P.** non ha dato l'allarme?!

– Maestà, ve l'avevo detto che non c'erano i soldi per pagare lo stipendio alla vedetta: così quella se n'è andata! – rispose Bibo.

– Che **prurito**, Capo! – strepitò Bonzo. – Io non ce la faccio più, mi butto nel fiume!

– Non dire **topaggini!** – gli urlò Gattardone. – Non c'è nessun fiume!

– Ah, già... allora mi butto a mare!

– Non c'è nessun mare, **palla di pelo!**

Intanto i gemelli, Oscar e Dragostea osservavano la scena nascosti al sicuro dietro la **SCHIANTAFORESTE.**

Oscar sorrise sotto i baffi: – Tra poco ci sarà una grande sorpresa... prima di partire ho telefonato a Rete Baffo, arriveranno a minuti!

IN DIRETTA DA VALLE VALGATTA

Un istante dopo, dai **cespugli** sbucarono le telecamere di 'Rete Baffo'!
Una felina *elegantissima* si sistemò la pelliccia e cominciò a parlare davanti a una telecamera, tenendosi a distanza di sicurezza dalle pulci che continuavano ad attaccare.
– Cari pirati, benvenuti a ***'MICI IN DIRETTA':*** siete collegati con Valle Valgatta! – disse la giornalista. – La telefonata di un informatore, che ha voluto restare anonimo, ci permette di documentare, in **E-SCLU-SI-VA NA-ZIO-NA-LE,** l'assalto al nostro coraggiosissimo imperatore a opera

SALVIAMO
VALLE VALGATTA

VIA DA
VALLE VALGATTA
DIFENDIAMO
VALLE VALGATTA
Cari pirati...

di TERRIFICANTI, INFERNALI e SPIETATE pulci!

– Ecco, vedete, sono proprio pulci! **Decine**, **centinaia**, **migliaia** di pulci in... *in costume da bagno?!?*

PULCI, A ME!

L'arrivo delle telecamere non era passato inosservato tra l'esercito delle pulci.

– OH, NO! È arrivata la televisione – si lamentò Afanittera. – Non sia mai che qualcuno sull'Isola delle Pulci ci veda via satellite mentre andiamo all'attacco in costume! Pulci, a me! Si torna a PULCIAZIA!

Per Gattardone fu la SALVEZZA.

– Per ora ci accontentiamo di aver dimostrato ai gatti che possiamo sbarcare sull'isola come e quando vogliamo! – concluse la regina.

Così l'esercito delle pulci si bloccò immediatamente: alcuni con una ciocca di peli di

* *Pulciazia* è la capitale dell'Isola delle Pulci.

Gattardone in una ZAMPINA, altri mentre si sistemavano nell'*accogliente* pelliccia di Bonzo.
Poi, in fila per 2, le pulci si ritirarono ordinatamente per far RITORNO nella loro isola.

...ALCUNI CON UNA CIOCCA DI PELI DI GATTARDONE IN UNA ZAMPINA...

...ALTRI MENTRE SI SISTEMAVANO NELL'ACCOGLIENTE PELLICCIA DI BONZO!

URRÀ PER GATTARDONE!

Vedendo scappare le pulci, Gattardone tirò un sospiro di sollievo.
Poi sentì una voce trapanargli le orecchie. – Cari amici telespettatori, eccoci con il nostro Illustrissimo imperatore per rivolgergli qualche domanda. Come mai si trova qui con questa strana MACCHINA? E come mai le pulci possono sbarcare indisturbate sull'Isola dei Gatti?
– Ecco... io...
Gattardone non sapeva proprio che cosa dire e rischiava di fare una figuraccia di proporzioni stragattiche.

Mentre la giornalista lo incalzava con le domande, **Bitter** e **Glitter** intervennero per salvarlo dalla situazione.
– Il nostro paparino è esausto e, **modesto** com'è, non vuole vantarsi! L'imperatore è venuto qui per difendere la nostra *amata* isola dall'attacco delle pulci! – disse Bitter, facendo l'**OCCHIOLINO** al padre.

Gattardone si stava SCIOGLIENDO per la commozione: quelle piccole pesti gli volevano proprio bene!

Glitter aggiunse: – E non è finita, nostro padre ora farà un'altra dichiarazione...

– Eh?! Che cosa?! Veramente... – tentennò Gattardone **incredulo.**

– Dai papino, non fare il timido! La **foresta** di bambù di Valle Valgatta è un tesoro prezioso e GATTARDONE III DE GATTARDIS, imperatore dei Felini, dichiarerà Valle Valgatta un'area naturale protetta!

– Vero papi? – chiese Bitter.

– Piccole pesti... – soffiò Gattardone sotto i baffi.

Tutti aspettavano in silenzio una risposta dell'imperatore. Gattardone non aveva scelta. Fece un SORRISO gigantesco e finì la sua frase: – Bravi micetti, avete ragione, è proprio così!

Glitter esclamò: – E adesso 3 URRÀ da veri pirati per il nostro papà che ci ha salvati dalle PULCI!

URRÀ!

URRÀ!

URRÀ PER GATTARDONE!

In quel preciso momento, tanti PAPPAGALLINI si levarono in VOLO. Anche loro festeggiavano lo scampato pericolo!

SALVIAMO
VALLE VALGATTA
DIFENDIAMO
VALLE VALGATTA
Urrà!
Urrà!
Urrà!
Urrà!
Urrà!

MA QUANTO CI COSTA?

Gattardone stava già pensando a come rimangiarsi l'impegno per la salvaguardia della **foresta!**

Peccato che i suoi guai non fossero finiti...

– Vostra Altezza – miagolò una voce RAUCA e CAVERNOSA alle sue spalle, – chi salderà il mio conto?

Sentendo parlare di *conti* Gattardone urlò:

– *Chi sgnacca** adesso? Quale conto?

Un brivido gli attraversò la pelliccia quando, voltandosi, vide di fronte a sé MACIULLO SMARAGNAO.

L'imperatore aveva fatto ordinare la

* *Chi sgnacca*: 'chi scoccia' in lingua gattesca.

SCHIANTAFORESTE, ma non l'aveva ancora pagato!

– Fanno esattamente **300.000** eurogattici – disse Maciullo.

– M-ma è esattamente quello che è rimasto nelle casse dello stato! – **sbraitò** Gattardone.

– Quindi i soldi ci sono! – rispose l'ex lottatore, mostrando i suoi muscolacci **MINACCIOSI.**

CHE GIORNATA RANDAGIA!

Gattardone riuscì a ottenere un mega-sconto da Maciullo e poi fece ritorno a Gattoburgo.
– Che giornata **randagia!** – si lamentò entrando nella Fortezza Imperiale. – Per fortuna ora sono nella mia casuccia! Al riparo da BAMBÙ, marmocchi, pulci, televisioni e conti da pagare.
Mentre si distraeva mangiando **crocchette** di squalo al peperoncino, udì la voce di una gatta provenire dal corridoio.
– **Mangiacrocchette a tradimento!** Dove sei?!
Era Zuspola, che arrivava dalla sua stanza a passo spedito.

Subito Gattardone infilò i sacchetti di crocchette sotto il **CUSCINO** di una poltrona e poi cercò un nascondiglio.

– Non si accorgerà **MAI** che sono qui... – pensò Gattardone.

E infatti...

– Che cosa ci fai con la testa là sotto? Non ti starai **NASCONDENDO?!**

Il Gran Capo dei Gatti Pirati, Imperatore dei Felini, Capitano dei MARI in Tempesta, Signore di Gattoburgo aveva tentato di infilarsi sotto una scrivania, ma era talmente GROSSO che metà della sua ROTONDA figura restava allo scoperto!

– Ciao, MAMMINA! Stavo cercando il mio cappello! – rispose Gattardone, sbucando da sotto la scrivania.

La gatta SBUFFÒ e...

CROCK!

Si sedette pesantemente sul cuscino che nascondeva i croccantini di squalo!

– Ma senti che scricchiolìo fastidioso. Dovresti buttarle, queste poltronacce!

Quel Signor Gatto di tuo padre cambiava l'arredamento una volta al mese!
Temendo che la madre SCOPRISSE le crocchette, Gattardone non se la sentì di contraddirla: – Hai ragione, mammina: queste poltrone sono proprio da cambiare!

Una LACRIMUCCIA gli scese lungo la guancia: i suoi croccantini erano **polverizzati!** I suoi poveri, sfortunatissimi, gustosissimi squaletti ridotti in briciole.
Gattardone scoppiò a piangere sulla spalla della mamma.

– BUAAAAAAH!

– *Per mille soriani* – esclamò **ZUSPOLA**.
– Ci tenevi proprio tanto a quella poltrona!

LA FORESTA È SALVA!

Nell'altra ala della Fortezza Imperiale, invece, c'era chi poteva dirsi soddisfatto. **Bitter** e **Glitter** stavano facendo il punto della situazione con Oscar e Dragostea.

– Bene, la foresta di BAMBÙ è salva! – esultò Glitter.

– E gli **ANIMALI** che la popolano sono al sicuro – esclamò Bitter tutto felice.

– Già – intervenne Dragostea, – ma c'è ancora una questione in sospeso: *Geronimo* sarà riuscito a sventare l'assalto di Tersilla?

– Accidenti! Ci stavamo dimenticando di lei!
Dragostea e i gemelli si guardarono preoccupati, mentre OSCAR cercava di non dare troppa importanza alla faccenda: – Bah, ogni scusa è buona per parlare di quel sorcio!
– Geronimo è un tipo, anzi, un *topo* in gamba, ma Tersilla è un OSSO duro! – disse **Dragostea** preoccupata.

– Presto, andiamo nel mio appartamento! Telefoneremo a Geronimo lontano da orecchie INDISCRETE!
Appena ARRIVARONO nel suo appartamento, la gatta mostrò ai gemelli la biblioteca.
Bitter e Glitter rimasero

stupefatti davanti all'enorme libreria piena di libri.

– GUARDA, Glitter! – esclamò Bitter. – È grande quasi quanto quella di zio Oscar!

– Ma voi non avete ancora visto quest'altra – rispose Dragostea, sfilando un volume da una mensola.

Allora la libreria ruotò su se stessa, rivelando un vero tesoro...

UNA COLLEZIONE DI MIEI LIBRI!

– Ohhhhh!

I gemelli rimasero a bocca SPALANCATA.

Dragostea mostrò loro un volume e, tutta fiera, disse: – Questo è il suo ultimo TOP-SELLER, ma mi raccomando, non parlatene con nessuno! Per un Gatto Pirata, leggere libri è considerato un insulto alla

dignità felina e se poi sono scritti da un topo, è proprio INACCETTABILE!

Dragostea richiuse la libreria segreta: – Ora chiamiamo Geronimo e sentiamo com'è andato l'incontro con vostra sorella.

Compose il NUMERO e, immediatamente,

nella redazione dell'*Eco del Roditore* **squillò** il telefono.

A rispondere fui proprio io in pelliccia e baffi:

– Cara signorina Dragostea, è stata davvero un'**AVVENTURA** incredibile! Ora vi racconto come è andata...

Ecco com'è andata sull'Isola dei Topi

“Subito dopo aver chiuso la comunicazione con l'Isola dei Gatti, io e Patty iniziammo immediatamente a studiare un piano per fermare TERSILLA!

Sapevamo di non avere molto tempo a disposizione e non potevamo recintare l'intero Atollo delle ISOLE FELICI!

– Ho trovato, **G!** – disse Patty mostrandomi una **mappa** delle isole. – Bitter e Glitter ci hanno avvertiti che Tersilla sta arrivando con un motoscafo ***VELOCISSIMO.***

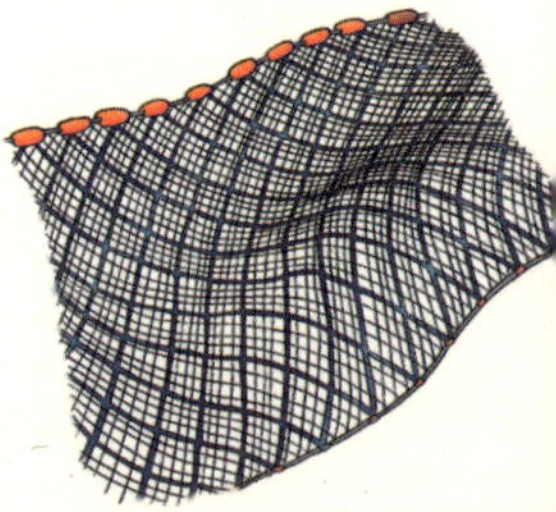

La fermeremo con una rete

metallica molto resistente tra queste due rocce!

– È una bella idea, ma ci vorrebbe un'esca succulenta per attirarla proprio tra le due ROCCE. Qualcosa alla quale i gatti non possono resistere...

– Un topo **grassottello,** per esempio, come tuo cugino Trappola!

– Trappola?! – risposi preoccupato. – Non accetterà mai di fare una cosa del genere.

– Beh, allora non c'è altra soluzione, Geronimo. Sarai tu la nostra ESCA! – Che cosa?!!!!

– Certo G! Chi meglio di te potrebbe allettare il palato di quei felini randagi? Sei un topo un po' grassottello e sei anche FAMOSO. Ti riconoscerebbero a chilometri di distanza!

Non riuscivo a credere alle mie orecchie. Patty... la mia adorata Patty voleva gettarmi in pasto a una ciurma di GATTI PIRATI!

– Non so nuotare e poi... – dissi cercando di farle cambiare idea!

– Ah no? Ma non c'è problema. Ti basterà, ehm... GALLEGGIARE!

– Come galleggiare?

– Ho già pensato a tutto io, G! – tentò di rassicurarmi Patty. – Starai in acqua con un SALVAGENTE.

– Mah veramente, io...

– Niente ma, G! Qui si tratta della sopravvivenza di tutti i bambù dell'Isola dei Topi! Non vorrai tirarti INDIETRO...

– No, ma preferirei salvare l'Isola dei Topi che diventare un bocconcino per gatti.

– Vedrai che la rete metallica non fallirà. Fidati di me, G!

Non c'era nulla da fare: non potevo deludere gli abitanti dell'Isola dei Topi e... Patty. L'indomani eravamo tutti e due all'atollo a

preparare le RETI. Pensavamo di avere ancora un po' di tempo, quando il sistema di rilevazione di Patty segnalò il motoscafo di Tersilla in avvicinamento.
Io mi infilai subito nella mia ciambella.
Patty si nascose dietro gli SCOGLI.
Dal motoscafo sentimmo le urla di Tersilla e dei suoi amici: – Sorcio **grassottello** a babordo! – urlò Zik.
– Lo vedo! Presto, accelera! – rispose Smail.
– Noooo! Non andate verso...

CRASH!

Tersilla non fece in tempo a parlare che le eliche del motoscafo si **impigliarono** nella rete metallica e l'imbarcazione si bloccò proprio a pochi metri da me!

Sorcio grassottello a babordo!
Nooooo!
CRASH

Tersilla e i suoi amici furono costretti a rinunciare al loro piano.
– Razza di **randagi!** – sbraitò Tersilla. – Siete dei buoni a nulla! Preparate la moto **acquatica** di salvataggio e torniamo subito a Gattoburgo!

Così io e Patty siamo riusciti a fermare Tersilla e i suoi **SCAGNOZZI.** ”

Una gatta davvero aggattata!

Dragostea, Oscar e i gemelli stavano riattaccando la cornetta dopo la telefonata con me, quando dalla strada giunsero dei miagolii furibondi.

Tersilla, Zik e Johnny arrivavano dal porto.
– È tutta colpa vostra, randagi che non siete altro: non sapete controllare lo stomaco!
– Ma Tersilla – rispose Johnny, – sono secoli che noi GATTI PIRATI non assaggiamo più un topo vero, e quello era lì, bello in carne!
– Gatti dei miei stivali... Nemmeno la benzina a sufficienza avete procurato. Ho dovuto fare 1 chilometro a nuoto. Io, la figlia dell'imperatore! Non voglio più sentirvi FIATARE.
Tersilla era davvero aggattata, non l'avrebbe fatta passare liscia ai suoi scagnozzi!

UN NUOVO PARCO NATURALE

Alla fine della storia Benjamin rideva a crepapelle: – Che ridere, zio Geronimo, davvero Tersilla era così **FURIBONDA?**

– Certo! – risposi – Io e Patty eravamo riusciti a **FERMARLA** e avevamo salvato l'Atollo delle Isole Felici. Vedrai che anche questa volta riusciremo a impedire che rovinino la **NATURA** di quelle isole!

Benjamin non era molto convinto: – Ma come faremo? Se la notizia della costruzione del villaggio è già stata **PUBBLICATA**

sulla GAZZETTA DEL RATTO, vuol dire che i LAVORI inizieranno fra poco...

– Non è detto! E poi Sally, pur di fare uno SCOOP, pubblicherebbe anche una notizia FALSA! Senti che cosa facciamo:

IL PIANO DI GERONIMO PER SALVARE LE ISOLE FELICI

1) VERIFICHIAMO SE LA NOTIZIA DELLA COSTRUZIONE DEL VILLAGGIO ALLE ISOLE FELICI È VERA.

2) SE COSÌ FOSSE, CONTATTIAMO TOPAMBIENTE, L'ASSOCIAZIONE ECOLOGISTA PIÙ FAMOSA DELL'ISOLA DEI TOPI, E CON LORO CERCHIAMO DI COINVOLGERE TUTTI I RODITORI DELL'ISOLA IN UNA GRANDE PROTESTA CONTRO QUESTO DISASTRO AMBIENTALE!

3) ORGANIZZIAMO CON L'ECO DEL RODITORE UNA RACCOLTA DI FIRME PER FAR DIVENTARE L'ATOLLO DELLE ISOLE FELICI, UN PARCO NATURALE PROTETTO!

Benjamin era finalmente entusiasta:

– Che forza, zio Geronimo! È un piano STRATOPICO! Riusciremo a fermarli! Sei grande!

Mi frullavano i baffi dall'emozione, una nuova AVVENTURA stava per inziare!

INDICE

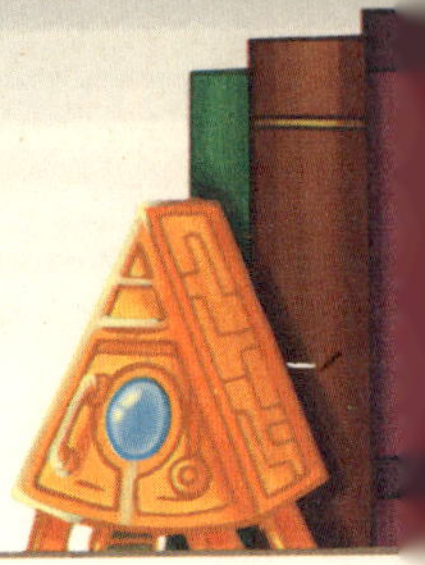

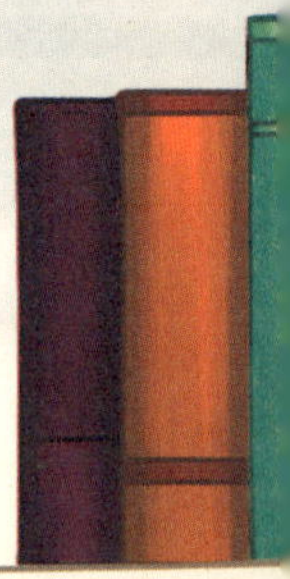

TOPOCOLLEZIONE

Segna con una **X** tutti i libri che hai già letto!

- **1** Il misterioso manoscritto di Nostratopus
- **2** Un camper color formaggio
- **3** Giù le zampe, faccia di fontina!
- **4** Il mistero del tesoro scomparso
- **5** Il fantasma del metrò
- **6** Quattro topi nella Giungla Nera
- **7** Il mistero dell'occhio di smeraldo
- **8** Il galeone dei Gatti Pirati
- **9** Una granita di mosche per il Conte
- **10** Il sorriso di Monna Topisa
- **11** Tutta colpa di un caffè con panna
- **12** Il mio nome è Stilton, Geronimo Stilton
- **13** Un assurdo weekend per Geronimo
- **14** Benvenuti a Rocca Taccagna
- **15** L'amore è come il formaggio...
- **16** Il castello di Zampaciccia Zanzamiao
- **17** L'hai voluta la vacanza, Stilton?
- **18** Ci tengo alla pelliccia, io!
- **19** Attenti ai baffi... arriva Topigoni!
- **20** Il mistero della piramide di formaggio
- **21** È Natale, Stilton!
- **22** Per mille mozzarelle... ho vinto al Tototopo!
- **23** Il segreto della Famiglia Tenebrax
- **24** Quella stratopica vacanza alla pensione Mirasorci...
- **25** La più grande gara di barzellette del mondo
- **26** Halloween... che fifa felina!
- **27** Un vero gentiltopo non fa... spuzzette!
- **28** Il libro-valigetta giochi da viaggio
- **29** L'isola del tesoro fantasma
- **30** Il Tempio del Rubino di Fuoco
- **31** La maratona più pazza del mondo!
- **32** Il libro dei giochi delle vacanze
- **33** Il misterioso ladro di formaggi
- **34** Uno stratopico giorno... da campione!
- **35** Quattro topi nel Far West!

- **36** In campeggio alle Cascate del Niagara
- **37** Ahi ahi ahi, sono nei guai!
- **38** La vita è un rodeo!
- **39** La Valle degli Scheletri Giganti
- **40** È arrivata Patty Spring!
- **41** Salviamo la balena bianca!
- **42** Lo strano caso della Pantegana Puzzona
- **43** Lo strano caso dei Giochi Olimpici
- **44** Ritorno a Rocca Taccagna
- **45** La mummia senza nome
- **46** Lo strano caso del vulcano Puzzifero
- **47** Agente segreto Zero Zero Kappa
- **48** Lo strano caso del tiramisù
- **49** Il Mistero degli Elfi
- **50** Il segreto del Lago Scomparso
- **51** Te lo do io il Karate
- **52** Non sono un Supertopo!
- **53** Il Furto del Diamante Gigante
- **54** Ore 8: a scuola di formaggio!
- **55** Chi ha rapito Languorina?
- **56** Non mi lasciare, Tenebrosa!
- **57** La corsa più pazza d'America!
- **58** Attacco alla statua d'oro!
- **59** Lo strano caso del Sorcio Stonato
- **60** Il tesoro delle Colline Nere
- **61** Il mistero della perla gigante
- **62** Sei ciccia per gatti, Geronimo Stilton!
- **63** Che fifa sul Kilimangiaro!
- **64** Lo strano caso del Fantasma al Grand Hotel
- **65** Il mistero della gondola di cristallo
- **66** Brodo di topo... e ghigni felini
- **67** Lo strano caso del Calamarone Gigante
- **68** Il segreto dei tre samurai
- **69** Datti una mossa, Scamorzolo!
- **70** Da scamorza a vero topo... in 4 giorni e mezzo!
- **71** Lo strano caso della Torre Pagliaccia
- **72** Lo strano caso del ladro di notizie
- **73** Sei in trappola Geronimo Stilton!
- **74** Il mostro di Lago Lago
- **75** C'è poco da ridere, Stilton!

76 S.O.S. c'è un topo nello spazio!
77 La Banda del Gatto
78 Grosso guaio in Mato Grosso
79 Giù le zampe dal mio oro!
80 Viaggiare... che passione!
81 Ingrana la marcia, Stilton!
82 Inseguimento a New York
83 Ci mangeremo... Geronimo Stilton!
84 Ma che vacanza... a Rocca Taccagna!
85 Lo strano caso del ladro di croste
86 Dov'è sparito Falco Rosso?
87 Geronimo cerca casa
88 Il tesoro di Valle Valgatta
89 La gara dei supercuochi
90 Lo strano caso dei brufoli blu
91 Il mistero delle Sette Matrioske
92 Caccia al Libro d'Oro
93 Il tesoro di Rapa Nui
94 C'è un pirata in Internet
95 Una tremenda vacanza a Villa Pitocca!
96 Lo strano caso dei formaggi strapuzzoni
97 Il mistero del papiro nero
98 Allarme... topo in mare!
99 Appuntamento... col mistero!
100 Il Castello delle 100 Storie
101 Il mistero del rubino d'Oriente
102 Operazione panettone
103 Un topo in Africa
104 La magica notte degli Elfi
105 Il mistero del violino scomparso

L'ECO DEL RODITORE

1 Ingresso
2 Tipografia (qui si stampano i libri e giornali)
3 Amministrazione
4 Redazione (qui lavorano redattori, grafici, illustratori)
5 Ufficio di Geronimo Stilton
6 Tetto con giardino e orto biologico

9
1
2
18
4
8
3
12
32
13
11
10
19
45
5
22
46
20
15
17
7
40
26
24
25
28
33
14
16
38
27
36
23
37
21
31
35
29
44
41
30
34
6
39
42
43

TOPAZIA, LA CITTÀ DEI TOPI

1 Zona industriale di Topazia
2 Fabbriche di Formaggi
3 Aeroporto
4 Televisione e radio
5 Mercato del Formaggio
6 Mercato del Pesce
7 Municipio
8 Castello Snobbacchiottis
9 Sette colli di Topazia
10 Stazione ferroviaria
11 Centro Commerciale
12 Cinema Topeon
13 Palestra Topgym
14 Salone dei Concerti
15 Piazza Pietra Che Canta
16 Teatro Tortiglione
17 Grand Hotel
18 Ospedale
19 Orto Botanico
20 Bazar della Pulce Zoppa
21 Casa di zia Lippa e di Benjamin
22 Museo di Arte Moderna
23 Università e Biblioteca
24 Gazzetta del Ratto
25 Eco del Roditore
26 Casa di Trappola
27 Quartiere della Moda
28 Ristorante Fromage d'Or
29 Centro per la Difesa del Mare e dell'Ambiente
30 Capitaneria di Porto
31 Stadio
32 Campo da Golf
33 Piscina
34 Tennis
35 Parco dei divertimenti
36 Casa di Geronimo
37 Quartiere degli Antiquari
38 Libreria
39 Cantieri navali
40 Casa di Tea
41 Porto
42 Faro
43 Statua della Libertà
44 Ufficio di Ficcanaso Squitt
45 Fattoria biologica
46 Casa di nonno Torquato

ISOLA DEI TOPI

1 Grande Lago di Ghiaccio
2 Picco Pelliccia Ghiacciata
3 Picco Telodoioilghiacciaio
4 Picco Chepiufreddononsipuò
5 Topikistan
6 Transtopacchia
7 Picco Vampiro
8 Vulcano Sorcifero
9 Lago Zolfoso
10 Passo del Gatto Stanco
11 Picco Puzzolo
12 Foresta Oscura
13 Valle Misteriosa
14 Picco Brividoso
15 Passo della Linea d'Ombra
16 Rocca Taccagna
17 Parco Nazionale per la Difesa della Natura
18 Las Topayas Marinas
19 Foresta dei Fossili
20 Lago Lago
21 Lago Lagolago
22 Lago Lagolagolago
23 Rocca Robiola
24 Castello Zanzamiao
25 Valle Sequoie Giganti
26 Fonte Fontina
27 Paludi solforose
28 Geyser
29 Valle dei Ratti
30 Valle Panteganosa
31 Palude delle Zanzare
32 Rocca Stracchina
33 Deserto del Tophara
34 Oasi del Cammello Sputacchioso
35 Picco Cocuzzolo
36 Giungla Nera
37 Rio Mosquito
38 Porto Crostolo
39 Porto Sorcio
40 Porto Tanfoso
41 Porto Schifio
42 Topoforte
43 Topazia
44 Galeone dei Gatti Pirati
45 Colline Felici

1
2
3
4
5
6
7
8
9
10
11
12
13
14
15
16
17
18
19
20
21
22
23
24
25
26
27
28
29
30
31
32
33
34
35
36
37
38
39
40
41
42
43
44
45

CARI AMICI RODITORI,
ARRIVEDERCI AL PROSSIMO LIBRO.
PAROLA DI STILTON...
GERONIMO STILTON!